AF148773

www.ingramcontent.com/pod-product-compliance
Lightning Source LLC
Chambersburg PA
CBHW072200060526
44654CB00046B/1363

* 9 7 8 8 1 9 6 1 1 3 4 8 3 *

بیگن موتی رانی

(بچوں کا ناولٹ)

مصنف :

عادل رشید

© Taemeer Publications

Baigan Moti Rani *(Kids Novel)*

by: Adil Rasheed

Edition: January '2023

Publisher & Printer:

Taemeer Publications. Hyderabad.

ISBN 978-81-961134-8-3

© تعمیر پبلی کیشنز

کتاب	:	بیگن موتی رانی
مصنف	:	عادل رشید
صنف	:	ادب اطفال
ناشر	:	تعمیر پبلی کیشنز (حیدرآباد، انڈیا)
زیرِ اہتمام	:	تعمیر ویب ڈیولپمنٹ، حیدرآباد
تدوین/تہذیب	:	مکرم نیاز
سالِ اشاعت	:	۲۰۲۳ء
تعداد	:	(پرنٹ آن ڈیمانڈ)
طابع	:	تعمیر پبلی کیشنز، حیدرآباد – ۲۴
صفحات	:	۴۲
سرورق ڈیزائن	:	مکرم نیاز

پیش لفظ

ایک مہذب اور صاف ستھرے سماج اور ملک و ملت کے زریں مستقبل کے لیے ادب اطفال کی جتنی ضرورت ہمیں کل تھی، آج بھی ہے۔ ان کہانیوں میں وعظ و پند کا شور نہیں بلکہ انسان دوستی اور ہمدردی کی دھیمی دھیمی اور بھینی بھینی مہک ہونی چاہیے۔

بچوں کے ادب کی زبان نہایت آسان ہونی چاہئے۔ طرز ادا اور اسلوب بیان ایسا ہو کہ بچے بخوشی انہیں پڑھیں، ان میں دلچسپی لیں، ان کو پڑھ کر مسرت محسوس کریں۔ کہانی یا ناول میں مختلف دلچسپ واقعات کی شمولیت سے بچوں کی دلچسپی کو بڑھایا جا سکتا ہے۔

تعمیر پبلی کیشنز کی جانب سے ممتاز ناول نگار عادل رشید کے ایک مختصر ناول کا جدید ایڈیشن شائع کیا جا رہا ہے۔

بہت دنوں کی بات ہے ایک جنگل میں ایک چھوٹی سی جھونپڑی
تھی ۔ اور جنگل کی اس چھوٹی سی جھونپڑی میں ایک غریب لکڑ ہارا رہا کرتا
تھا ۔ اس کا نام عبدل تھا ۔ اور عبدل کمزور تھا اور بہت غریب تھا
اور نہ اس کے کوئی بیٹا تھا اور نہ بیٹی ۔ نہ بیوی تھی اور نہ کوئی اور عزیز
یا رشتہ دار تھا ۔ بس وہ تھا اس کی بیماری تھی ، اس کا بڑھاپا تھا اور
اس کی روزانہ کی فکریں تھیں ۔

وہ بے چارا سارا سارا دن جنگلوں سے لکڑیاں چُنا کرتا
تھا ۔ اور دن ڈھلے اُن سوکھی اور چُنی ہوئی لکڑیوں کا گٹھا بنا کر اور

سر پر رکھ کر اپنی لاٹھی کے سہارے انہیں شہر میں لے آتا تھا۔اور شہر کے کسی بھی چوراہے پر بیٹھ کر کسی گاہک کا انتظار کرتا رہتا تھا کہ گاہک آئے اور وہ اپنی پیٹ کی آگ کا کوئی بندوبست کر سکے ۔ لکڑیاں وہ چنتا اس لئے تھا کہ اس کے پاس لکڑیوں کو کاٹنے کے لئے کوئی کلہاڑا نہیں تھا ۔غریب کے پاس اتنے پیسے ہی نہ بچتے کہ وہ ایک چھوٹی ہی سی کلہاڑی خریدے ۔ اور پھر وہ بے چارا اس سے بھی تو ڈرتا تھا کہ کیا پتہ درختوں سے لکڑیاں کاٹنے پر کوئی اس پر ناراض ہو، اُسے مارے پیٹے کہ وہ اس کے درختوں سے لکڑیاں کیوں کاٹتا ہے ۔جنگل کے درخت کیا اس کے باپ کے ہیں۔

وہ بے چارا شام تک اور کبھی کبھی رات ہو جانے پر بھی لکڑیوں کے بکنے کا انتظار کیا کرتا تھا اور جب اونے پونے اس کی لکڑیاں بک جاتی تھیں تو وہ چند پیسوں کو اپنی کم زور مٹھیوں میں بھینچ کر کسی بھی ادنیٰ درجے کی نان بائی کی دوکان پر چلا جاتا تھا۔اور وہاں سے

لوگوں کے آگے کی بچی کھچی روٹیوں کے ٹکڑوں کو خرید کر اپنے پیٹ کی آگ بجھا لیتا تھا۔

اور یہ اس کا روز کا معمول تھا۔ اور وہ اپنی زندگی کے دن اسی طرح گزار رہا تھا۔ زندگی کے دن کسی نہ کسی طرح پورے ہو رہے تھے۔

مگر ایک دن ایسا ہوا کہ اس غریب کی لکڑیاں رات تک نہ بکیں۔ کوئی خریدار ان کے پاس تک نہ پھٹکا۔ اور جب وہ گھنٹوں بیٹھے بیٹھے تھک گیا اور اُکتا کر اور نا اُمید ہو کر واپس جانے لگا، تو شہر کے کوتوال صاحب کا گزر اس طرف ہوا۔ اور اُنہوں نے اس کی لکڑیاں زبردستی اُٹھوا کر اپنے مکان میں ڈلوا لیں اور اُسے ڈانٹ پھٹکار کر بھگا دیا۔ اور حکم دیا کہ خبردار اگر اب کبھی تو نے بغیر محصول دیئے ہوئے شہر کے بازاروں میں لکڑیاں آکر فروخت کیں۔ انہوں نے اسے حوالات میں بند کر دینے کی دھمکی بھی دی۔ اور وہ غریب اپنے کرتے کے میلے اور پھٹے ہوئے دامن سے اپنی ملگجی آنکھوں کے آنسوؤں کو

پونچھتا ہوا اپنے جھونپڑے میں واپس آگیا۔

اس نے سو جانے کی بہتیرا کوشش کی مگر بھوک کی آگ نے اُسے سونے نہ دیا۔ وہ اپنے پھٹے پُرانے اور میلے کچیلے بستر پر سے اُٹھ بیٹھا اور سوچنے لگا کہ اب وہ کیا کرے۔ اُسے تو یہ بھی اُمید باقی نہ رہی تھی کہ اب وہ کل لکڑیاں چُننے گا اور اُسے بیچ کر اپنی بھوک کا علاج کر سکے گا۔ ظالم اور بے رحم کوتوال نے تو اس کے آنے والے کل کی اُمید بھی چھین لی تھی۔ اُسے ڈر تھا کہ اگر وہ کل شہر گیا تو کوتوال اُسے ضرور حوالات میں بند کر دے گا۔

بھوک اُسے چین نہیں لینے دے رہی تھی۔ اور اسی لئے نیند اس کی آنکھوں سے کوسوں دُور تھی۔ خالی پیٹ نیند بھی تو نہیں آتی کمبخت وہ اپنے گودڑی پر سے اُٹھ کر کھڑا ہو گیا۔ اور سوچنے لگا کہ وہ اپنے پیٹ کی اس بڑھتی ہوئی آگ کو کس طرح بُجھائے۔ یہ بھوک کی آگ ایسی ہوتی ہے جو نہ پانی سے بُجھتی ہے اور نہ آنسوؤں سے۔ یہ آگ تو بس خوراک

سے بجھتی ہے، کھانا چاہیئے اس آگ کو بجھانے کے لئے۔ اور کھانا اس غریب بوڑھے کے پاس نہیں تھا۔ کھانا محنت سے ملتا ہے اور اس غریب بوڑھے کی آج کی محنت شہر کے کوتوال صاحب نے زبردستی اُس سے چھین لی تھی۔ وہ جھونپڑے میں اِدھر اُدھر ٹہلنے لگا۔

اور پھر ٹہلتے ٹہلتے اسے ایک خیال آیا۔ اس کے جھونپڑے کے پیچھے بیگن کے پودے تھے، اور بیگن کے یہ پودے اس نے خود لگائے تھے۔ ایک ایک کر کے سارے بیگن اس نے توڑ لئے تھے اور اب اِن پودوں میں بیگن نہیں تھے۔ صرف ایک پودے میں ایک بیگن رہ گیا تھا، جسے خود اس نے محض بیج کے لئے چھوڑ دیا تھا۔ اس نے سوچا چلو کوئی بات نہیں وہ اس بیج والے بیگن کو ہی اُبال کر کھالے گا۔

اور یہ سوچ کر وہ خوش خوش اپنے جھونپڑے کے پچھواڑے آیا۔ اور وہ بیجوں والا بڑا سا بیگن اس نے توڑ لیا۔ اور وہ بیگن جس وقت اُس نے توڑا تھا تو نہ جانے کہاں سے ایک ہلکی سی کراہ کی آواز

اس کے کانوں سے آکر ٹکرائی تھی ۔ وہ سمجھا کہ یہ اسی کے اپنے زخمی دِل کی کراہ ہے جو غیر ارادی طور پر باہر آگئی ہے ۔

مگر اس وقت جبکہ وہ بگین کو بیچ سے دو کر رہا تھا تو اس نے ایک ہلکی سی مگر بڑی پیاری آواز سُنی ۔

" ذرا آہستہ "

اور گھبرا کر اس کا چاقو اتنی زور سے چلا کہ بگین کے دو ٹکڑے ہو گئے اور بوڑھے کی آنکھیں پھٹی کی پھٹی رہ گئیں ۔ وہ دئے کی ملگجی روشنی میں بڑی حیرت سے آنکھیں پھاڑے بگین کے ایک ٹکڑے کو دیکھ رہا تھا بگین کی پھانک کے اندر ایک بے حد خوب صورت لڑکی لیٹی ہوئی اپنی دونوں آنکھیں کھولے ٹکر ٹکر دیکھ رہی تھی جیسے کہ ڈبے کے اندر گڑیا رکھی ہوئی ہو ۔

" مجھے باہر نکالو بابا " وہ گڑیا بولی ۔ اور بوڑھے کا دل خوف کے مارے اس کے سینے میں زور زور سے دھڑکنے لگا۔

"تم کون ہو۔؟" ایک کپکپاتی ہوئی آواز بوڑھے کے منہ سے نکلی۔ اور اس کی ساری بھوک ووک اس خوف کے نیچے دب کر رہ گئی بگین میں لڑکی۔!

بوڑھے نے گھبرا کر بگین کی پھانک کو الٹ دیا۔ اور وہ ڈر کر جھونپڑے سے بھاگنا ہی چاہ رہا تھا کہ اس کے کانوں میں ایک آواز آئی۔

"ڈرو نہیں بابا۔ میں تمہاری بیٹی ہوں۔"

اس نے مڑ کر پیچھے دیکھا۔ ایک چھوٹی سی لڑکی بالکل گڑیا جیسی کھڑی مسکرا رہی تھی۔ وہ اُسے حیرت سے دیکھنے لگا۔ اور وہ گڑیا جتنی لڑکی آہستہ آہستہ بڑھنے لگی۔ وہ بڑھتی گئی، بڑھتی گئی۔ یہاں تک کہ اب بوڑھے کے سامنے ایک بے حد خوب صورت اور قیمتی لباس میں ملبوس ایک جوان لڑکی کھڑی تھی۔

اور اس حسین لڑکی کی پوشاک سے روشنی کی کرنیں پھوٹ رہی تھیں اس کے سر پر ایک سنہرا تاج تھا اور اس میں ہیرے جڑے ہوئے

تھے۔ اور لڑکی کے جسم سے بڑی بھینی بھینی خوشبو نکل رہی تھی۔ بوڑھے کی جھونپڑی معطّر ہو گئی۔ اور روشنی سے اس کی جھونپڑی جگمگا اُٹھی۔ اس کا دیا جھلملانے لگا۔

اور اس بے حد خوب صورت لڑکی کے سنہری بالوں میں بے حد قیمتی موتی پروئے ہوئے تھے۔ اور وہ موتی جگمگا رہے تھے۔

"تم کون ہو۔؟" بوڑھے نے حیرت سے سوال کیا۔

"میں آپ کی بیٹی ہوں بابا"

"بیٹی ——!"

"جی ——!" اور پھر بوڑھے کی اس بیٹی نے پوچھا۔

"آپ کو بھوک لگی ہے نا بابا"

"ہاں بیٹی ——" بوڑھے کا خوف اب جاتا رہا تھا۔

"مجھے بھی بھوک لگی ہے" لڑکی نے کہا۔

"تمہارا نام کیا ہے بیٹی" بوڑھا حیرت سے لڑکی کو دیکھ رہا تھا۔

"میرا نام بیگن موتی رانی ہے"

اور یہ کہہ کر بیگن موتی رانی نے اپنا دا ہنا ہاتھ آگے پھیلایا ۔

اور آن واحد میں اس کی ہتھیلی پر ایک سنہری تھالی آ کر رکھ گئی ۔

"یہ لو بابا" اس نے وہ تھالی بوڑھے کی طرف بڑھائی ۔

"یہ کیا بیٹی ۔ ؟"

"آپ کے لئے اور میرے لئے گرما گرم بریانی" بیگن موتی رانی بولی۔

"اب تو رات ہو گئی ہے ۔ یہ کھا لیجئے ۔ صبح میں آپ کو اور اچھے اچھے کھانے کھلانے کا انتظام کروں گی"

اور پھر بوڑھے نے خدا کا شکر ادا کیا ۔ اور ان دونوں نے بیٹھ کر وہ بریانی خوب مزے لے لے کر کھائی ۔ بوڑھے نے اپنی ساری زندگی کا کھانا تو ایک طرف، اتنی مزے دار بریانی کے بارے میں کسی سے سنا بھی نہیں تھا ۔

کھانا کھا چکنے کے بعد بوڑھے نے کہا ــــــــ

"بیٹی، میرے پاس تمہارے سُلانے کو نہ تو اس گندے اور چھوٹے سے جھونپڑے میں جگہ ہے اور نہ بستر ہے۔"

"آپ کوئی فکر نہ کیجئے۔" بگین موتی رانی نے مسکرا کر کہا۔

"آپ سو جائیے۔ میں بھی کسی کونے میں گھاس پھوس ڈال کر سو رہوں گی"

"مگر ــــــــ"

"آپ میرے لئے پریشان نہ ہوں بابا۔" وہ پھر بولی "آپ سو جائیے۔"

اور اس نے بوڑھے کو زبردستی سُلا دیا۔ اُس نے نہ جانے کیا جادو کر دیا۔ وہ بوڑھا اپنے بستر پر لیٹتے ہی سو گیا۔ اور پھر اُس کی آنکھ صبح اس وقت کھلی جبکہ دن کافی چڑھ آیا تھا اور بگین موتی رانی اُسے اس کے سرہانے کھڑی جگا رہی تھی۔

"معاف کرنا بیٹی۔" بوڑھا گھبرا کر اپنی آنکھیں ملتے ہوئے اُٹھ بیٹھا۔

"نہ جانے کیسے آج میں اِتنی دیر تک سو گیا۔"

"آپ تھکے ہوئے تھے۔" بگین موتی رانی بڑے پیار کے ساتھ بولی "آپ

بوڑھے ہو گئے ہیں۔ اور اب میں آپ کو اتنی محنت نہ کرنے دوں گی۔ آپ کو اب اس عمر میں آرام کی ضرورت ہے۔"

اور زندگی میں پہلی مرتبہ بوڑھے کے کانوں میں جو پیار اور ہمدردی کے یہ الفاظ پڑے تو اس کی آنکھوں میں آنسو آگئے اور اس کا دل بھر آیا۔

"بیٹی ــــ! تو میرے لئے رحمت کا فرشتہ ہے۔" وہ اپنا ہونٹ چباتے ہوئے بولا "میں تو ایک گناہگار آدمی ہوں۔ نہ جانے میری کس بات سے خوش ہو کر اللہ پاک نے مجھ پر اتنا بڑا کرم کیا ہے۔"

"یہ لو بابا۔" بگین موتی رانی نے اپنے بالوں سے ایک موتی نکال کر بوڑھے کی طرف بڑھایا۔

"اسے لے جا کر کسی بڑے جوہری کے یہاں بیچ آؤ۔"

"مگر وہ مجھے چور سمجھے تو؟"

"کہنا کہ یہ میرے خاندان کی پرانی یادگار ہے۔" بگین موتی رانی نے

اُسے سمجھایا" وقت پڑا تو بیچنے لے آیا ہوں"
"اس موتی کے کتنے روپے ملیں گے"
"تم اگر چاہو تو ایک لاکھ بھی مانگ سکتے ہو بابا"

اور پھر وہ بوڑھا وہ موتی لے کر بازار چلا گیا۔ اور ایک بہت بڑے جوہری نے اس موتی کے اُسے ایک لاکھ روپے دے دئے۔ اور بوڑھے نے جو زندگی میں اتنی بڑی رقم دیکھی تو مارے خوشی کے اس پر شادیٔ مرگ کی سی کیفیت طاری ہوگئی اور وہ حیران و پریشان آنکھیں پھاڑے اپنی جھونپڑی کی طرف چل پڑا۔
اس نے سارا جنگل چھان مارا مگر اُسے اپنی جھونپڑی کا پتہ نہ چلا۔ وہ گھبرا گھبرا کر اپنی جھونپڑی تلاش کر رہا تھا۔ وہ سوچتا یہی تو وہ جگہ ہے جہاں پر اس کی جھونپڑی تھی۔ یہی تو وہ درخت ہے۔ یہی تو

وہ جگہ ہے ۔ سب کچھ وہی ہے ۔ مگر اس کا جھونپڑا نہیں ہے،
اس کے جھونپڑے کی جگہ ایک بے حد خوب صورت بنگلہ ہے ۔ وہ
سوچنے لگا کہ آخر اس جنگل میں یہ خوب صورت بنگلہ کہاں سے آگیا ۔ اور
یہ سوچ کر وہ اس جگہ سے جانے ہی والا تھا کہ اس نے ایک آواز سنی ۔
"بابا ____! بابا ____"
اور وہ ادھر ادھر دیکھنے لگا ۔ اسی خوب صورت بنگلے کی کھڑکی سے
بیگن موتی رانی اُسے آواز دے رہی تھی ۔
"یہ سب کیا ہے بیٹی ۔؟"
"یہ آپ کا اپنا مکان ہے"
"میرا مکان ____!"
"ہاں بابا ____" بیگن موتی رانی مسکرا رہی تھی ۔ اور پھر وہ مسکراتے
مسکراتے اتنا مسکرائی کہ اس کے منہ سے پھول جھڑنے لگے ۔ اور بوڑھا
گھبرا گھبرا کر وہ پھول سمیٹنے لگا ۔ پھولوں کی بھینی بھینی خوش بو سے

ساری فضا معطر ہو گئی۔
"تم کون ہو بیٹی ۔؟" بوڑھے نے پھر سوال کیا۔
"تمہاری بیٹی ہوں بابا"۔ بگین موتی رانی سے بڑے پیار سے کہا۔
"تم ہر بات دیکھا کرو۔ حیرت یا سوال نہ کیا کرو۔ ڈرا نہ کرو۔گھبرایا مت کرو"۔
"میں ڈرتا یا گھبراتا نہیں ہوں بیٹی"۔ بوڑھا بولا "میں تو یہ سوچتا ہوں کہ میں کہیں خواب تو نہیں دیکھ رہا"۔
"نہیں بابا یہ خواب نہیں حقیقت ہے"۔ بگین موتی رانی بولی۔اور اس پر بوڑھا بولا۔
" اب تو تم سے اپنی سگی اولاد جیسا پیار ہو گیا ہے بیٹی"۔ اس کی آنکھوں میں آنسو آ گئے۔" ڈرتا ہوں کہ یہ خوشی کہیں مجھ سے چھن نہ جائے۔ اگر اب یہ پیار مجھ سے چھن گیا تو میں مر جاؤں گا بیٹی"۔
"یہ پیار اب تم سے کوئی نہ چھینے گا بابا"۔ بگین موتی رانی بولی "خدا

پر بھروسہ رکھو۔۔۔"

اور پھر بوڑھے نے وہ ایک لاکھ روپے کی ڈھیری اپنی انہونی بیٹی کے سامنے لگا دی۔

"اسے آپ اپنی حفاظت میں رکھ لیجئے بابا"۔ بگین موتی رانی بولی "گھر کے مالک تو آپ ہیں، میں تو آپ کی بیٹی ہوں"۔

اور پھر اللہ میاں نے اپنے اس نیک اور سچے بندے کے دن پھیر دیئے اور وہ جو کہ کبھی روٹیوں کا محتاج تھا۔ بڑے شان و شوکت کے ساتھ شاہانہ زندگی بسر کرنے لگا۔

اور پھر کچھ دنوں کے بعد جبکہ ایک دن بگین موتی رانی اپنے بالا خانے پر کھڑی قدرتی نظاروں سے لطف اُٹھا رہی تھی تو اتفاقاً اُدھر سے اس ملک کی بادشاہ بیگم کا گزر ہوا اور اس کی نظریں بگین موتی رانی پر ایسا جمیں کہ جم کر رہ گئیں۔ بگین موتی رانی جیسی خوب صورت

لڑکی بادشاہ بیگم نے آج تک نہیں دیکھی تھی۔ اور وہ ہار جو بگین موتی رانی کے گلے میں پڑا جھول رہا تھا وہ بادشاہ بیگم کی نظروں میں ایسا کھپا کہ وہ پل بھر کے لئے بھی اپنی نظریں اس ہار کی طرف سے نہ ہٹا سکی وہ حیران و پریشان بگین موتی رانی کو دیکھتی رہی۔ اور بگین موتی رانی قدرتی نظاروں میں کھوئی رہی۔ اس انداز میں کہ اُسے اس کی بالکل خبر نہ ہوئی کہ اُسے کون دیکھ رہا ہے۔

"ہمیں بڑی زور کی پیاس لگ رہی ہے"۔ بادشاہ بیگم نے اپنی کنیز خاص سے کہا۔ اور وہ فوراً مشکیزے سے پانی اُنڈیلنے لگی۔

"پانی حاضر ہے ملکہ صاحبہ"۔ کنیز خاص نے سونے کے گلاس میں پانی انڈیل کر بادشاہ بیگم کی طرف بڑھایا۔

"ہم اس گھر کا پانی پئیں گے۔ اور وہ بھی اس وقت جبکہ یہ خوب صورت لڑکی ہمیں اپنے ہاتھوں سے پانی پلائے"۔

"حکم دیجئے ___" کنیز خاص نے بڑے ادب سے عرض کیا۔

"کون ہے اس دُنیا میں جو آپ کی خدمت کو اپنی عظمت نہ سمجھے "

" جا کر عرض کرو کہ ہم اس گھر میں پل بھر کے لئے مہمان بننا پسند فرمائیں گے"

اور یہ سُن کر کنیز خاص فوراً بگین موتی رانی کے پاس آئی اور اس نے کہا کہ بادشاہ بیگم تمہاری مہمان بننا چاہتی ہیں۔

"بسر و چشم ـــــ" بگین موتی رانی نے خوش ہو کر کہا۔ اور وہ خود چل کر آئی اور بادشاہ بیگم کو اپنے ساتھ اپنے مکان پر لے گئی ـــــ اور اس نے بادشاہ بیگم کی خوب دل کھول کر خاطر تواضع کی۔

" ہم تم سے مل کر بے حد خوش ہوئے " بادشاہ بیگم نے رخصت ہوتے ہوئے فرمایا۔

"یہ آپ کی ذرہ نوازی ہے " بگین موتی رانی نے کہا۔

" تم کبھی ہمارے محل میں آؤ "

"میں ضرور حاضر ہوں گی "

اور چلتے وقت بادشاہ بیگم نے بگین موتی رانی کو اپنا ہار اُتار کر

دے دیا۔ وہ سمجھ رہی تھی کہ جواب میں بگین موتی رانی اپنے گلے سے اپنا ہار اُتار کر اُسے دے دے گی۔ مگر وہ یہ دیکھ کر جل گئی کہ بگین موتی رانی نے ایسا نہیں کیا۔ بلکہ وہ بادشاہ بیگم کا ہار لے کر ادب سے جھکی اور پھر ایک سیکنڈ کی اجازت لے کر اندر گئی اور پھر ایک بے حد قیمتی ہار لیئے ہوئے اُلٹے پاؤں واپس آگئی۔

"یہ میرا حقیر نذرانہ ہے" اس نے بادشاہ بیگم کی طرف اپنا ہاتھ بڑھایا "اگر آپ اسے قبول فرمائیں گی تو یہ حضور کی ذرّہ نوازی ہوگی"

بگین موتی رانی کا ہار بادشاہ بیگم کے ہار سے زیادہ خوب صورت، چمک دار اور قیمتی تھا۔ مگر وہ قدرے ترشی سے بولی۔

"ہم تبادلہ نہیں بخشش فرماتے ہیں"

"تو کنیز بھی بھیک نہیں لیتی" اور یہ کہہ کر بگین موتی رانی نے بادشاہ بیگم کا دیا ہوا ہار اُسے واپس کر دیا۔

"تم بڑی بے ادب اور گستاخ ہو" بادشاہ بیگم کی تیوریوں پر بل پڑ گئے اور جواب میں بگین موتی رانی بڑی سنجیدگی کے ساتھ بولی۔
"کنیز گستاخ نہیں۔ البتہ غیرت دار ہے بیگم صاحبہ"
"ہم اگر چاہیں تو تمہیں موت کا مزہ چکھا دیں" غصے سے بادشاہ بیگم اُٹھ کر کھڑی ہو گئی۔
"گستاخی معاف بیگم صاحبہ ——" بگین موتی رانی بولی "موت اور زندگی آپ کے نہیں، خدا کے ہاتھ میں ہے"
"گستاخ —— !" بادشاہ بیگم نے بگین موتی رانی کے خوب صورت گال پر ایک زور کا طمانچہ مارا اور پھر دوسرے ہی لمحے وہ چیخ پڑی —— بادشاہ بیگم کی ہتھیلی بُری طرح جُھلس گئی تھی۔ اور اس کی ہتھیلی پر بڑے بڑے آبلے پڑ گئے تھے۔
"یہ کیا کیا تو نے کم بخت" وہ رو کر بولی۔
"میں نے نہیں" بگین موتی رانی بولی "جو کچھ ہوا ہے، آپ کے

ہاتھوں ہوا ہے ۔"

"اُف ـــــ! اُف !!"

بادشاہ بیگم درد سے تڑپنے لگی۔ اور اس کی کنیزیں گھبرا گئیں۔

" مجھے نفرت نہیں پیار چاہیے ۔" بگین موتی رانی بولی۔

"آپ پیار سے میرے دوسرے گال پر اپنا ہاتھ پھیریئے۔ آپ کی ساری تکلیف دُور ہو جائے گی۔"

اور درد سے تڑپتی ہوئی بادشاہ بیگم نے ایسا ہی کیا اور جیسے ہی اُس نے بگین موتی رانی کا دوسرا گال سہلایا۔ اس کی ساری تکلیف جاتی رہی۔ اور اس کا ہاتھ ایسا ہو گیا۔ جیسے کہ کبھی کچھ ہوا ہی نہ ہو۔

اور پھر بادشاہ بیگم وہاں سے چلی گئی۔ بگین موتی رانی کی طرف سے اپنے دل میں میل لے کر وہ وہاں سے واپس آئی۔ اور یہ سوچ کر وہ وہاں سے رخصت ہوئی کہ جس طرح بھی ہو گا وہ بگین موتی رانی کا ہار ضرور اپنے قبضے میں کر لے گی۔

"یہ قیمتی تحفے آپ کو بادشاہ بیگم نے بھجوائے ہیں" بادشاہ بیگم کی کنیز خاص نے حاضر ہو کر بگین موتی رانی کے سامنے ایک خوب صورت خوان پیش کیا۔

"میں بادشاہ بیگم کا یہ احسان کبھی نہ بھول سکوں گی" بگین موتی رانی نے ممنونیت بھرے انداز میں کہا۔ اور بہت سا انعام و اکرام دے کر کنیز خاص کو رخصت کرنا چاہا۔ مگر وہ بولی۔

"شام ہوگئی ہے۔ اور محل تک جانے کے لئے مجھے جنگلوں سے گزرنا ہوگا۔ اگر حکم ہو تو میں رات بھر کے لئے یہیں رُک جاؤں، صبح ہوتے ہی چلی جاؤں گی"

"ضرور، بڑی خوشی سے" بگین موتی رانی نے بڑے اخلاص اور محبت سے کہا "یہ تمہارا ہی گھر ہے"

اور وہ مکار بڑھیا رات کو وہاں رُک گئی۔ اور رات کے پچھلے پہر وہ چپکے سے اٹھی۔ اور اس وقت جبکہ بگین موتی رانی اپنا ہار اپنے سرہانے

رکھ کر سو گئی تھی ۔ وہ بار چرا کر وہاں سے بھاگ گئی ۔

رات کے پچھلے پہر بگین موتی رانی کی آنکھ کھُل گئی ۔ اور یہ دیکھ کر اُس کا کلیجہ دھک سے ہو گیا کہ بڑھیا کا پلنگ خالی پڑا ہے ۔ اس نے گھبرا کر اپنا تکیہ اُٹھایا ۔ ہار تکیے کے نیچے سے غائب تھا ۔

" ہائے اللہ ——— ! " بگین موتی رانی کا کلیجہ جیسے کہ اس کے منہ کو آگیا ۔ اور اس کی آنکھوں میں آنسو آگئے ۔

اور پھر صبح اس نے اپنے بوڑھے بابا کو اپنے پاس بلا کر کہا ۔

" دیکھو بابا شاید میں ابھی تھوڑی دیر میں مر جاؤں گی ۔ مگر مجھے دفن نہ کرنا ۔ بلکہ ——— "

" یہ تم کیا کہہ رہی ہو بیٹی " ۔ بوڑھے نے بات کاٹی " ۔ خدا نہ کرے کہ تمہارے دشمنوں کو کچھ ہو " ۔

وہ رونے لگا ۔ اور بگین موتی رانی اپنے آنچل سے اس کے آنسو پونچھتے ہوئے بولی ۔

" رحمت بابا۔ غور سے میری بات سن لو " وہ بولی " تم مجھے ایک چھوٹا سا خوب صورت مکان بنوا کر اس میں ایک مسہری پر لٹا دینا۔ اور مکان کا دروازہ باہر سے بند کر لینا۔ کسی کو اندر نہ آنے دینا۔ اور کھانے پینے کی چیزیں، ٹھنڈا پانی اور پھل میرے سرہانے ایک میز پر رکھ دیا کرنا۔ روز صبح تمہیں یہ تکلیف کرنی ہوگی "

اور پھر ایسا ہی ہوا۔ ایک گھنٹہ بعد بیگن موتی رانی مرگئی بے چاری اور بوڑھے نے اپنا سینہ کوٹ لیا۔ اس نے بیگن موتی رانی کی ہدایت کے مطابق ایک خوب صورت سے مکان میں اُسے ایک مسہری پر لٹا دیا۔ اور اس کے سرہانے میز پر سیب، انار، انگور اور مٹھائیاں رکھ دیں۔ اور ایک صراحی میں ٹھنڈا پانی رکھ دیا —— اور پھر وہ دروازہ باہر سے بند کر کے واپس آگیا۔

اور اب یہ اس کا روز کا معمول تھا کہ وہ روز صبح اس مکان میں جاتا۔ اور کھانے پینے کی چیزیں رکھ کر واپس آجاتا۔ اور ایسا کرتے ہوئے

اُسے کئی مہینے بیت گئے۔

البتہ اُسے اس چیز سے بے حد مسرت ہوتی تھی کہ جب بھی وہ مکان کے اندر چیزیں رکھنے جاتا تو وہ دیکھتا کہ صراحی کا پانی آدھا رہ گیا ہے اور پھل مٹھائی بھی کسی نے کھائی ہے۔ اور بگین موتی رانی اسی طرح مسہری پر مُردہ لیٹی ہوئی ہے۔ مسہری کے ریشمی پردے جیوں کے توں پڑے ہوئے ہیں۔ وہ سوچتا کہ آخر یہ کیا راز ہے اور بوڑھا اس راز کے جاننے کے لئے بے چین رہتا تھا۔

ایک دن ایسا ہوا کہ اس ملک کا بادشاہ جو کہ جوان تھا اور بے حد خوب صورت تھا۔ شکار کھیلتے کھیلتے اپنے ساتھیوں سے بچھڑ کر اس جنگل کی طرف نکل آیا۔ اسے بے حد پیاس لگی ہوئی تھی۔ وہ پانی کی تلاش میں اِدھر اُدھر پھر رہا تھا کہ اچانک اس کی نظر اس مکان پر پڑی۔ وہ خوش خوش مکان کی طرف لپکا۔ اور اندر آ کر اُس نے دروازہ کھٹکھٹایا۔ کئی آوازیں دیں۔ مگر اسے کوئی جواب نہ ملا۔

اور وہ دروازہ کھول کر اندر آگیا۔ اس نے دیکھا کہ اندر ایک سجے ہوئے کمرے میں مسہری پر ایک بے حد حسین وجمیل لڑکی سو رہی ہے۔ اور اس کی مسہری کے پاس ہی ٹھنڈے پانی کی صُراحی رکھی ہوئی ہے۔ پلیٹوں میں مٹھائی ہے اور پھل رکھے ہوئے ہیں۔

بادشاہ نے تھوڑی سی مٹھائی کھائی۔ صراحی سے ٹھنڈا پانی پیا۔ اور ایک سیب میں سے تھوڑا سا حصہ کاٹ کر کھایا، اور پھر وہ اس سیب کو پلیٹ میں رکھ کر واپس آگیا۔

اور رات کے پچھلے پہر جب بگین موتی رانی اُٹھی تو اس نے بادشاہ کا کھایا ہوا سیب کھا لیا۔ اور صراحی سے پانی بھی پی لیا۔ اور وہ پھر سو گئی۔

بادشاہ اس رات اپنے محل میں رات بھر نہیں سویا۔ وہ رات بھر جاگتا رہا۔ اس خوب صورت لڑکی کے خیال نے اسے رات بھر سونے نہیں دیا۔ اور دوسرے دن وہ پھر اُسی جگہ آیا۔ اُسی طرح وہ مکان میں داخل ہوا

اسی طرح اس نے پانی پیا۔ سیب کھایا۔ مٹھائیاں چکھیں۔ اور بہت دیر تک کھڑا ہوا خوب صورت لڑکی کو دیکھتا رہا۔ اس نے اس لڑکی کو اس بار جگانے کی کوشش بھی کی۔ مگر لڑکی نہ اٹھی۔ اور وہ اِس مکان سے پھر واپس آگیا۔

اور اتّفاق کی بات کہ اس رات کو بوڑھے کی آنکھ نہ لگی۔ اسے اپنی بیٹی بری طرح یاد آتی رہی۔ اور وہ یہ سوچتا رہا کہ آخر یہ راز کیا ہے، وہ چپکے سے اُٹھا اور اس مکان کی طرف چل پڑا جہاں بیگن موتی رانی ایک مسہری پر پڑی سوتی رہتی تھی۔

اس نے مکان کا دروازہ کھولا اور اُسے یہ دیکھ کر بے حد حیرت ہوئی کہ اس کی بیٹی کمرے میں ٹہل رہی ہے۔ پہلے تو وہ ڈر گیا کہ آخر یہ کیا ماجرا ہے۔ پھر مارے محبّت کے اس کا دل زور زور سے دھڑکنے لگا۔ اور وہ اندر کی طرف لپکا۔

"کون ــــــ!" بیگن موتی رانی چونک پڑی

"تم ـــــ ! بابا ـــــ"

"ہاں بیٹی ـــــ"

"آیئے بابا ـــــ" وہ مسکرائی۔

"تم ـــــ ! تم زندہ ہو بیٹی" بوڑھا خوشی اور حیرت سے تقریباً چیخ پڑا۔

"ہاں بابا" وہ بولی "ہر رات پچھلے پہر مجھے زندگی مل جاتی ہے"

مارے خوشی کے بوڑھے کی آنکھوں میں آنسو آگئے۔ اور وہ بھرّائی ہوئی آواز میں بولا ـــــ "یہ کیا راز ہے بیٹی"

"یہ مت پوچھو بابا" بیگن موتی رانی بولی "البتہ اب سے تم یہیں رہا کرو اور یہ پتہ لگاؤ کہ دو دن سے یہاں کون آتا ہے"

"کوئی یہاں آتا ہے بیٹی !"

"ہاں ـــــ" وہ تعجب کے ساتھ بولی "آتا ہے۔ اور پھل کھا جاتا ہے اور صراحی سے پانی پی جاتا ہے"

" اچھا ــــــ!"

" ہاں بابا ــــــ" بگین موتی رانی شرما گئی " اور وہ کوئی مرد نہے ۔اور اب وہ میرا شوہر ہے ۔ اس لئے کہ میں نے اس کا جھوٹا پانی پیا ہے ، اور اس کے جھوٹے پھل کھائے ہیں ۔ اور یہ ہمارے یہاں کا رواج ہے کہ اگر کوئی لڑکی کسی مرد کا جھوٹا کھا پی لے تو وہ اس کا شوہر ہو جاتا ہے ــــــ"

اور پھر دوسرے دن جبکہ وہ بادشاہ اس مکان میں پھر آیا تو وہ اس بوڑھے کو دیکھ کر ٹھٹھک گیا اور ندامت کا پسینہ اس کی پیشانی پر پھوٹ نکلا ۔

" معاف کرنا بڑے میاں " وہ بولا " مجھے ذرا پیاس لگی ہوئی تھی اور ــــــ"

" تم کو روز پیاس لگتی ہے " بوڑھا بولا " اور تم اپنی بھوک پیاس بجھانے یہاں آتے ہو ۔ آخر کیوں؟ کون ہو تم ــــ"

"معاف کیجئے بڑے میاں"۔ دراصل بادشاہ سے کوئی جواب نہیں بن پڑ رہا تھا اور اسی لئے وہ آئیں بائیں شائیں بکنے لگا تھا جیسے کہ کوئی لاجواب ہو کر اور اپنی چوری پکڑی جانے پر سٹ پٹا جاتا ہے۔ بالکل یہی حالت اس وقت بادشاہ کی بھی تھی۔

"تم جانتے ہو کہ تمہاری اس حماقت کا کیا نتیجہ ہوا ہے"۔

"کیسی حماقت"۔ بادشاہ بولا۔

"ارے سنتے جا رہے ہو کہ میں کہہ رہا ہوں کہ تم یہاں چوری چوری آتے ہو اور پھل اور مٹھائی کھا کر اور پانی پی کر چلے جاتے ہو" بوڑھا بولا " اور کہہ رہے ہو کہ کیسی حماقت"۔

"میں شرمندہ ہوں، اور اپنے اس فعل کی معافی چاہتا ہوں"۔

"معافی کی بات اب رہی بھی کہاں"۔ بوڑھا بولا "تم میری بیٹی کے شوہر ہو چکے ہو"۔

"آپ کی بیٹی ــــــ!" بادشاہ حیران ہو کر بولا۔ وہ قدرے پریشان

بھی تھا۔" میں آپ کی بیٹی کا شوہر ہو چکا ہوں ! کون ہے آپ کی بیٹی؟"
"یہ خوب صورت لڑکی جو مسہری پر سو رہی ہے اور جس کی چیزیں چرا کر تم دو دن سے کھا رہے ہو ۔ میری بیٹی ہے ۔"
اور یہ سُن کر بادشاہ کی خوشی کی انتہا نہ رہی ۔ مارے خوشی کے اُس کا دل اس کے سینے میں بلّیوں اُچھلنے لگا ۔ مگر اُس نے سوال کیا۔
"میں آپ کی بیٹی کا شوہر ہو گیا ، یہ کیسے ؟"
"پھل اور مٹھائی کھا کر ، پانی پی کر ۔" بوڑھا بولا "یہ ہمارے یہاں کا دستور ہے کہ اگر کوئی لڑکی کسی مرد کا جھوٹا پھل کھالے یا پانی پی لے تو وہ مرد اس کا شوہر ہو جاتا ہے ۔ اور میری بیٹی نے رات کو اُٹھ کر تمہارا جھوٹا پھل بھی کھا لیا ہے اور پانی بھی پی لیا ہے ۔"
"اچھا ــــــ !" بادشاہ نے خوشی سے جھوم کر سوال کیا۔"مگر یہ تمہاری بیٹی دن بھر سوتی رہتی ہے کیا ۔"
"وہ صرف رات کے پچھلے پہر اُٹھتی ہے ۔" بوڑھا بولا ۔

"اور اب تمہیں آج یہیں رہنا ہوگا۔ میری بیٹی کے اُٹھتے تک تم کہیں نہ جا سکو گے"۔

"میں زندگی بھر یہاں رہنے کو تیار ہوں"۔ بادشاہ بوڑھے کے آگے جُھک گیا۔

"اگر تمہاری بیٹی میرے ساتھ شادی کرنے پر راضی ہوگئی، تو میری یہ سب سے بڑی خوش قسمتی ہوگی۔

اور پھر رات کے پچھلے پہر جب بگین موتی رانی اُٹھی۔ تو اُس نے بادشاہ کو دیکھا اور اس نے بادشاہ کو پسند کر لیا، اور پھر ان دونوں کی شادی ہوگئی۔

شادی کے کئی سال بعد جب کہ بگین موتی رانی ایک بڑے خوب صورت اور پیارے پیارے بچے کی ماں بن چکی تھی۔ بادشاہ نے بگین موتی رانی سے یہ پوچھنا چاہا کہ آخر صبح ہوتے ہی وہ مرکیوں جاتی ہے۔ اور پھر اس وقت تک نہیں اُٹھتی جب تک کہ رات کا پچھلا پہر

نہ ہو جائے یا آدھی رات نہ گزر جائے۔ اور اس پر بیگن موتی رانی نے کہا کہ یہ ایک ایسا راز ہے جو وہ اُسے وقت آنے سے پہلے کبھی نہ بتائے گی۔

"آخر وہ وقت کب آئے گا" بادشاہ نے بڑے یاس کے عالم میں سوال کیا۔

"شاید آج ہی" وہ بولی "آپ اپنے بیٹے قمر کو صبح ہوتے ہی اپنے ساتھ اپنے محل لے جائیے"

اور بادشاہ یہ سُن کر بے حد خوش ہوا۔ اور صبح ہوتے ہی بڑے پیار کے ساتھ اپنے بیٹے قمر کو اپنے محل میں لے گیا۔

"یہ پیارا پیارا بچّہ کس کا ہے" ملکہ نے قمر کو دیکھتے ہی اُسے اپنی گود میں لے لیا۔ اور اس کا منہ چوم کر بولی "اتنا خوب صورت بچّہ تو میں نے آج تک نہیں دیکھا"

"یہ اپنے ماں باپ کا بچہ ہے" بادشاہ مسکرایا۔

"ہر بچّہ اپنے ماں باپ کا بچہ ہوتا ہے" ملکہ قمر کو اپنے کلیجے سے لگاتے ہوئے بولی۔

"مگر میں تو پوچھتی ہوں کہ اس چاند سے ٹکڑے کے ماں باپ کون ہیں۔ کیا نام ہے اُن کا"

"یہ میرے ایک مصاحب کا بچّہ ہے"

"بڑا خوش نصیب ہے وہ آپ کا مصاحب" ملکہ نے تعجّب کے ساتھ کہا۔ اور پھر وہ قمر سے پوچھنے لگی۔

"تم کیا لوگے بیٹے"

"یہ ہار ——— !" قمر نے ملکہ کے گلے میں پڑے ہوئے ہار کو کھینچ کر کہا۔ اور یہ سُن کر ملکہ کا منہ فق ہوگیا۔ وہ بڑی سراسیمگی اور پریشانی کی حالت میں بولی۔

"یہ ہار نہیں، تم کچھ اور لے لو"

"نہیں میں تو یہ ہار لوں گا" قمر نے اپنی ماں بگین موتی رانی کی سکھائی

ہوئی بات کو دہرایا" میں تو یہی ہار لوں گا۔" اور یہ کہہ کر وہ رونے اور مچلنے لگا۔

" دے بھی دو۔" بادشاہ بولا" ہاروں کی تمہارے پاس کمی ہے کیا۔ اور پھر میں اس سے اچھا ہار تمہیں بنوا دوں گا۔"

" مگر ـــــ" ملکہ کی جان سوکھ گئی۔

" دے بھی دو جی۔"

اور یہ کہہ کر بادشاہ نے ملکہ کی گردن سے وہ ہار کھینچ لیا ـــــ اور ہار کا ملکہ کی گردن سے جُدا ہونا تھا کہ ملکہ ایک خوفناک چیخ کے ساتھ دھڑام سے زمین پر گر پڑی۔ اور اب جو بادشاہ نے دیکھا تو اس کے ہوش وحواس جاتے رہے۔ ملکہ مر چکی تھی۔ اور مری ہوئی ملکہ کی لاش سے ایسی بدبو آرہی تھی جیسے کہ اس کی لاش برسوں سے سڑ رہی ہو۔ اس کا چہرہ بھیانک تھا، اور وہ کافی بوڑھی نظر آرہی تھی۔ قمر وہ ہار لے کر کب کا باہر بھاگ چکا تھا۔

بادشاہ اس گھٹن اور بدبو سے حواس باختہ ہو کر محل سے بھاگا اور اس نے بگین موتی رانی کے پاس آکر دم لیا۔ اور یہاں پہنچ کر اُس نے جو نظارہ دیکھا اُسے دیکھ کر اس کی خوشی کی کوئی انتہا نہ رہی۔ بیگن موتی رانی زندہ تھی اور اپنے بیٹے قمر کو اپنے کلیجے سے لگائے ٹہل رہی تھی۔ ملکہ کا ہار بگین موتی رانی کے گلے میں پڑا ہوا تھا۔

"یہ کیا راز ہے بیگم"۔ وہ بڑی حیرت سے بولا "خدا کا شکر ہے کہ تم دن کو مجھے زندہ دکھائی دے رہی ہو اور وہاں وہ ملکہ ——"

"جی —— !" بگین موتی رانی بولی "آپ کی ملکہ نے میری زندگی چرالی تھی۔ یہ ہار در اصل میری زندگی ہے۔ وہ دن بھر اُسے گلے میں ڈالے رہتی تھیں اور میں زندگی سے محتاج ہو جاتی تھی اور رات کے پچھلے پہر جب وہ یہ ہار اُتار دیتی تھیں تو میں جی اُٹھتی تھی"۔

"مگر وہ کیوں مرگئی۔ اور اس کی لاش ——"

"جی —— !" بگین موتی رانی مسکرائی۔ اور اس کے منہ سے پھول

جھڑنے لگے۔ اور بادشاہ یہ دیکھ کر حیران رہ گیا۔ اس لئے کہ اس نے آج تک یہ نہیں دیکھا تھا کہ بگین موتی رانی کے مُسکرانے سے، اس کے منہ سے پھول جھڑنے لگتے ہوں۔

"بلکہ کب کی مر چکی تھی اور وہ میرے اس ہار کے بل بوتے پر زندہ تھی۔ جب آپ کی اس سے شادی ہوئی تھی تو وہ ایک سو ساٹھ سال کی بڑھیا تھی ——"

"ایک سو ساٹھ سال کی بڑھیا"۔ بادشاہ حیرت سے چیخ پڑا۔

"جی ہاں ——" بگین موتی رانی نے اُسے بتایا۔ "وہ ایک جادو کے روغن کے ذریعے جوان دکھائی دیتی تھی جو اُسے ایک بڑے جادوگر نے دیا تھا۔ اور وہ روغن اُس جادوگر نے اس خوفناک بچھّو کی رگوں سے کھینچا تھا جو پانچ ہزار سال کا تھا اور جو کالے ناگ کے پھن پر سوار ہو کر پہاڑ پر ہر روز ڈنک مارنے جاتا تھا۔ اور جس کے زہر سے پہاڑ ہل جاتا تھا۔ اور سینکڑوں میل دُور کے پتّھر اس زہر کے اثر سے سُرخ اور سفید ہو کر زہر

کے ٹکڑے بن جاتے تھے۔"

"بس، بس۔ اب آگے کچھ مت کہنا۔" بادشاہ چیخ پڑا"میں آگے کچھ نہیں سُن سکتا۔ اچھا ہوا کہ اس خوفناک چڑیل سے مجھے نجات مل گئی۔"

اور پھر دوسرے ہی دن بادشاہ بگین موتی رانی اور اپنے بیٹے قمر کو اپنے ساتھ لے کر محل واپس آگیا ـــــــ اور یہ لوگ ہنسی خوشی اپنی زندگی گزارنے لگے۔

بادشاہ نے بگین موتی رانی کے نام پر ایک بہت بڑا شہر آباد کیا جس کا نام اُس نے موتی آباد رکھا۔ اور اس شہر میں موتی محل کے نام سے ایک بڑا خوب صورت محل بنوایا جو خالص موتیوں سے بنایا گیا تھا ـــــــ اور جہاں یہ سب لوگ رہا کرتے تھے۔ اور ان سب کے ساتھ وہ غریب لکڑہارا عبدل بھی رہا کرتا تھا۔ بگین موتی رانی اپنے بابا کو نہیں بھولی تھی ـــــــ

●●